SFIDA ALL'ULTIMA BATTUTA

I EDIZIONE: OTTOBRE 2021

TESTI, DISEGNI E IMPAGINAZIONE:
PERA TOONS

DIREZIONE EDITORIALE:
MASSIMILIANO CLEMENTE

EDITOR:
DAVIDE COSTA

TUNUÉ
VIA DEGLI ERNICI 30
04100 LATINA - ITALIA

TEL. 0773 661760 - FAX 0773 1875156
INFO@TUNUE.COM - WWW.TUNUE.COM

STAMPATO IN ITALIA

PERA TOONS™

SFIDA ALL'ULTIMA BATTUTA

VIENI A TROVARMI
E IO TI FARÒ LA DEDICA QUI:

tunué

CHI È PERA TOONS?

CIAO! SONO PERA TOONS!
(AL SECOLO ALESSANDRO PERUGINI).
SONO L'IDEATORE DEL LIBRO CHE HAI IN MANO, DELLA FORTUNATA SERIE "CHI HA UCCISO KENNY?" E DEL SUPER BEST SELLER "RIDI CHE È MEGLIO".

PROBABILMENTE MI CONOSCI GRAZIE AI SOCIAL NETWORK, DOVE QUASI 3 MILIONI DI PERE ADORANO I MIEI POST.

SONO UN FUMETTISTA E UN CONTENT CREATOR PROFESSIONISTA NEL MONDO DELLA COMUNICAZIONE E DELLE ARTI VISIVE.

LA MIA MISSIONE È QUELLA DI STRAPPARTI UN SORRISO TUTTI I GIORNI PER RENDERE LA TUA VITA UN PIZZICO MIGLIORE!

UNA SFIDA NELLA SFIDA

LA REALIZZAZIONE DEL LIBRO "SFIDA ALL'ULTIMA BATTUTA" È STATA PER ME UNA VERA E PROPRIA SFIDA NELLA SFIDA. L'OBIETTIVO CON QUESTO FUMETTO ERA QUELLO DI DARE AL LETTORE SIA TANTE GAG SIA UNA STORIA LUNGA.

DA QUI È NATA L'IDEA DI RACCONTARE L'EPICO SCONTRO DI BATTUTE TRA PERA E ALFIE.

INOLTRE QUESTA È STATA L'OCCASIONE PER FARTI CONOSCERE MEGLIO IL MONDO "PERA TOONS" E ALCUNI DEI SUOI PERSONAGGI PIÙ IMPORTANTI COME ELY E IL GURU!

BUONA LETTURA!

OGGI VORREI PASSARE UNA GIORNATA FELICE!
ANCHE IO!
PERFETTO! ALLORA CI VEDIAMO DOMANI!

SFIDA ALL'ULTIMA BATTUTA

CHI È QUEL BIONDO? L'HAI MAI VISTO PRIMA?
NO, SARÀ UNO NUOVO.
A OCCHIO È PIÙ GRANDE DI NOI.
SPERIAMO, COSÌ NON CE LO TROVIAMO IN CLASSE.
2 A
2 B
NON MI PARE UNO CHE ABBIA VOGLIA DI SCHERZARE.
GIÀ, CONVIENE STARNE ALLA LARGA.
PERA, KENNY, SIETE SEMPRE GLI ULTIMI AD ARRIVARE. OGGI HO ANCHE UN ANNUNCIO...

… AVETE UN NUOVO COMPAGNO DI CLASSE. DESIDERO CHE FACCIATE UN CALOROSO SALUTO A…
… ALFIE.
EHI.
RAGAZZI?
CIAO!
ALFIE, SIEDITI PURE NELL'ANGOLO. IL BANCO È STACCATO DAGLI ALTRI COSÌ TI DISTRAI MENO.
MEGLIO SOLO CHE MALE ACCOMPAGNATO, PROF.
MA PER TE FAREI UN'ECCEZIONE, SAI?
PROF?

HA CORRETTO I COMPITI DELLA SETTIMANA SCORSA?
NON ANCORA, DEVO PRIMA CORREGGERE QUELLI DELLE ALTRE CLASSI... E VOI AVETE FATTO I COMPITI DI OGGI?
NO PROF. NOI DOVEVAMO FARE QUELLI DEGLI ALTRI PROF.
QUESTA TE LA FACCIO PASSARE PERCHÉ È IL TUO PRIMO GIORNO. MA QUI NON SI STUDIA UMORISMO, SI STUDIA SERIAMENTE!
OH, PERA, MA QUEL TIPO CI SA FARE!
MA SÌ, DAI... UN PO' MI HA FATTO SORRIDERE!
INVECE MI PARE CHE ELY ABBIA RISO PROPRIO! FORSE...
MA FIGURATI. NON È IL TIPO DI RAGAZZO CHE PIACE A LEI!
COME FAI A DIRLO?
LE PIACCIO!

FINALMENTE LE HAI CHIESTO DI USCIRE?!?
NON ANCORA. CI STO LAVORANDO, MA HO UN PIANO INFALLIBILE.
TI ISCRIVERAI A KARATE PER FAR COLPO SU DI LEI?
MA QUALE KARATE, KENNY. NIENTE CALCI VOLANTI, MA BATTUTE SFERZANTI.
DAMMI TREGUA!
GUA GUA, GUA.
SARÀ... PERÒ, SECONDO ME, QUEL TIPO LÌ TI SFERZA CON ALTRE ARMI.
LE BOTTE NON SERVONO, AMICO. HO DECISO: CONQUISTERÒ ELY CON UN SACCO DI RISATE.
MA NON HAI PAURA CHE IL TUO UMORISMO COSÌ PARTICOLARE POSSA FARLA SCAPPARE?
MA FIGURATI! CON QUESTE POSSO SOLO FARE UN FIGURONE! LEGGI CHE CANNONATE!
!!
DAMMI TREGUA!
GUA GUA GUA

MAMMA... C'È UN MOSTRO SOTTO IL LETTO?
50€
50€
NON C'È NULLA. BUONA NOTTE AMORE.

ARIGATO.
ASUSHI!

COSA STAI FACENDO?
PARTO PER UN VIAGGIO.
SCOMMETTO CHE STAI ANDANDO IN FRANCIA.
COME HAI FATTO A CAPIRLO?
INTUITO.

SE SENTI FREDDO PUOI ENTRARE DENTRO DI ME.
BRRR...
VOLENTIERI, GRAZIE!
CI STAI COMODO?
SÌ, CALZA A PENNELLO.

BUONASERA, DESIDERA IL MENÙ "ALL YOU CAN EAT"?
SÌ, GRAZIE. MI PORTI LA 1, 3, 5, 6, 7, 9, 11, 5 E 18.
SOLO 9 PORZIONI?
NO... IO INTENDEVO LE PAGINE.

CIAO. IO MI CHIAMO DINO... TU CHI SEI?
BU-DINO.
AAAHHHHHH!!!

MAMMA... NON AGITARTI. HO UNA BRUTTA NOTIZIA.
POLIZ
SONO DENTRO UN'AUTO DELLA POLIZIA.
POLIZ
MARIO, LAVORI IN POLIZIA DA 15 ANNI...
POLIZ
E OGNI GIORNO FAI LA STESSA BATTUTA!
POLIZ

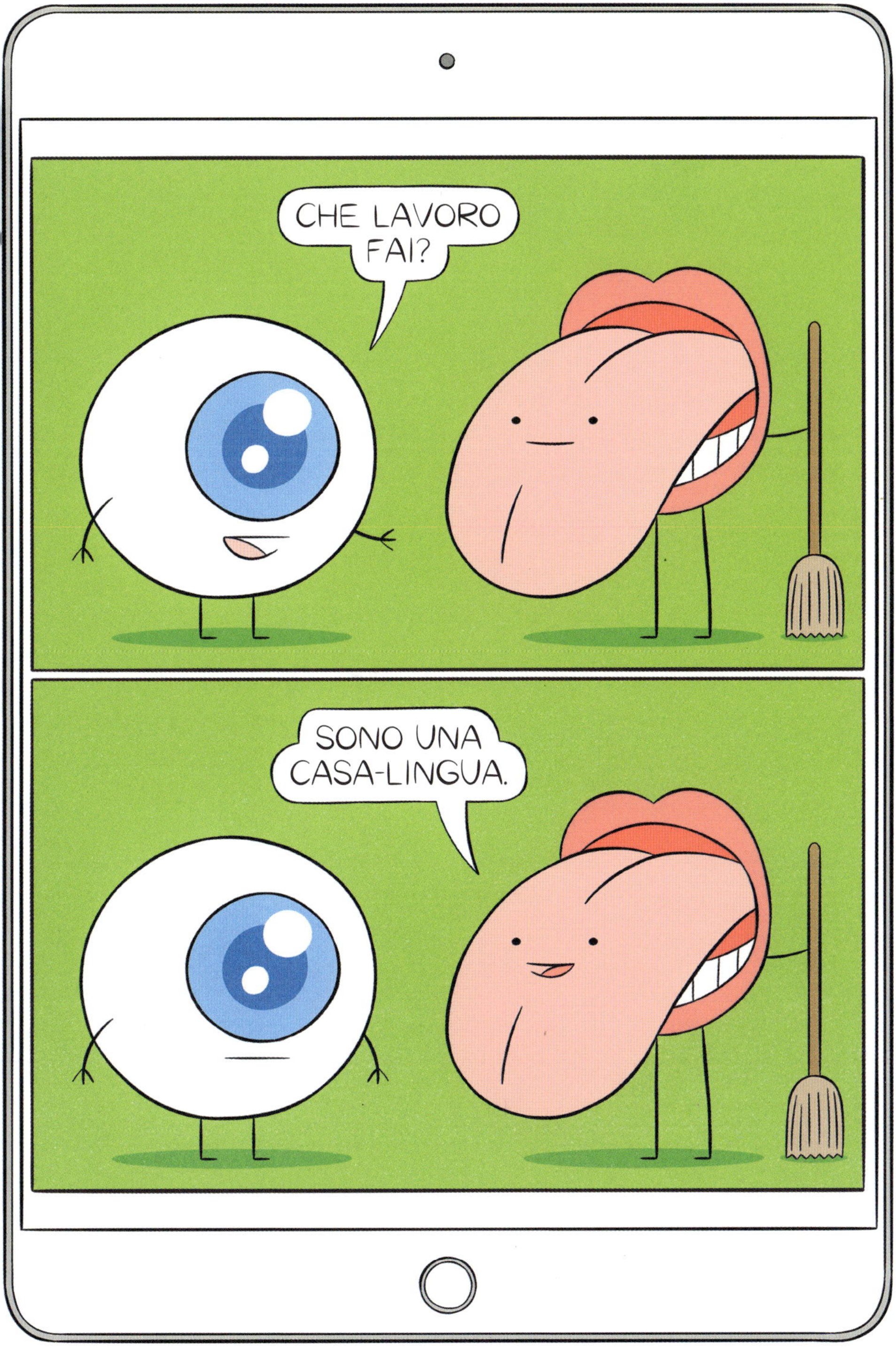
CHE LAVORO FAI?
SONO UNA CASA-LINGUA.

VUOI VEDERE COSA SO FARE?
OK.
FORTE, EH?
FORTE COSA?

CAMERIERE...
PERCHÉ C'È UNA MANO NEL PIATTO?
PERCHÉ LEI MI HA CHIESTO UN'INSALATA CON-DITA.

VORREI TROVARE UN RAGAZZO CHE MI AMASSE PER COME SONO DENTRO.
ECCOMI!
UN RAGAZZO CARINO, INTENDO.

COME MAI SEI SEMPRE CONTENTA?
PERCHÉ SONO FENICE.

COME VEDONO I COLORI LE FEMMINE E I MASCHI.
ROSA MAIALINO.
ROSA.
ROSA ANTICO.
ROSA.
ROSA FENICOTTERO AFRICANO.
ROSA.

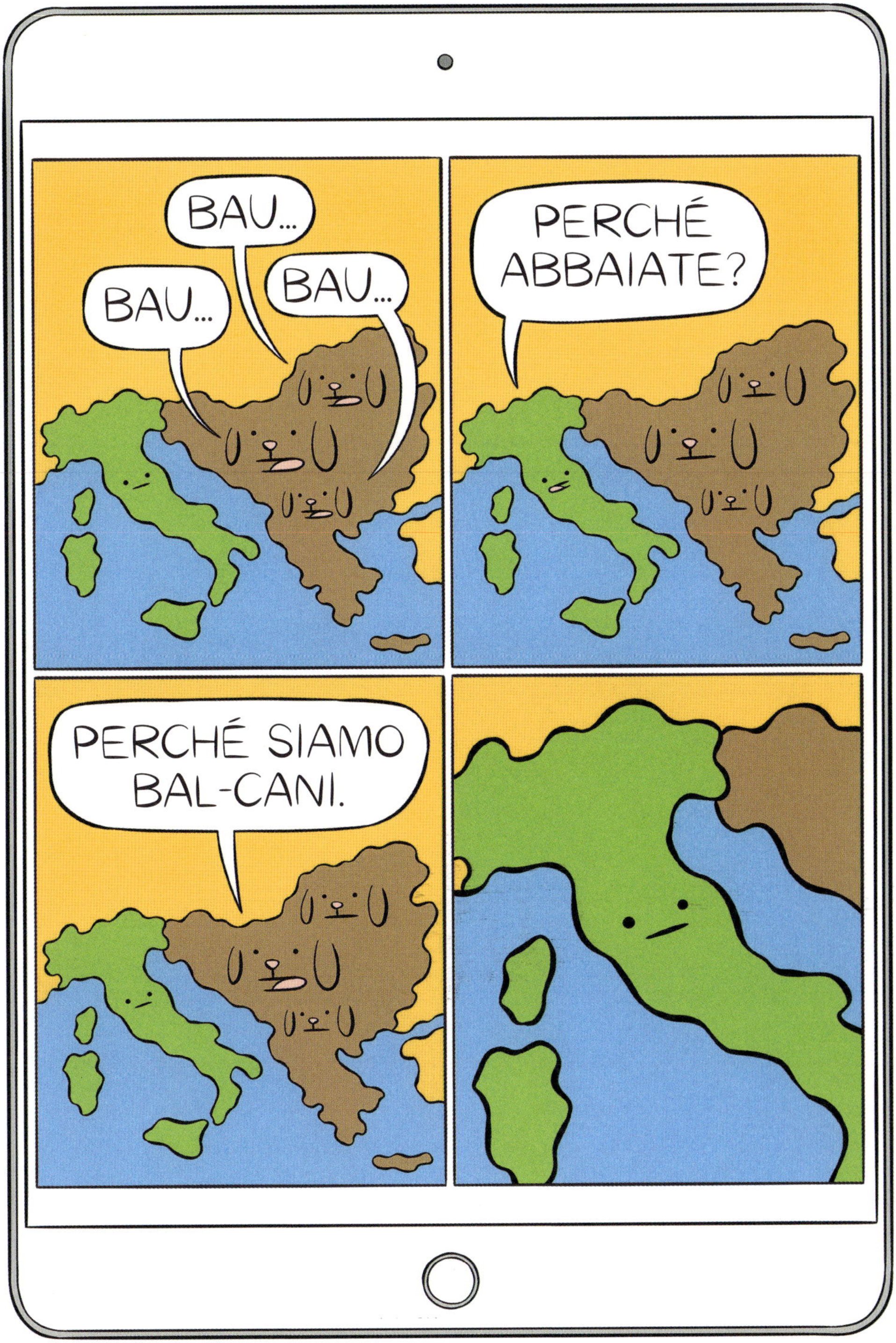
BAU...
BAU...
BAU...
PERCHÉ ABBAIATE?
PERCHÉ SIAMO BAL-CANI.

RAGAZZI, SMETTETELA DI PERDERE TEMPO COL TABLET!
STIAMO PRENDENDO AP-PUNTI, PROF!
QUESTE COSE TECNOLOGICHE! MA NON POTETE USARE UN FOGLIO DI CARTA?
MA NO, GUARDI QUA: COSÌ SONO PRECISISSIMI!
DRIN!
PROPRIO QUELLO CHE LE SERVE, PROF!
UN INTERVALLO DALLA NOSTRA PRESENZA!
PER QUELLO ASPETTO LA PENSIONE, CARI! MA VOI TORNATE IN CLASSE IN ORARIO!
MAMMA MIA CHE ASSILLANTE, NON PENSA AD ALTRO CHE A INSEGNARE.
BE' È IL SUO LAVORO, AMICO. E A PROPOSITO DI PENSIERI...

HAI RAGIONATO SU COME ORGANIZZARE L'APPUNTAMENTO CON ELY? DOVE LA PORTI? COSA FARETE? CE LI HAI I SOLDI?
UN PASSO ALLA VOLTA, MI SONO FATTO UNA LISTA DI PUNTI ESSENZIALI.
FORSE DEVI AGGIORNARLA AL VOLO. ELY PARLA COL TIPO NUOVO!
LE HA DATO UN BIGLIETTINO, PERA!
UN NUOVO SFIDANTE È ENTRATO NELL'ARENA, AMICO MIO!
ESAGERATO. MAGARI È UN BIGLIETTO PER L'AUTOBUS.
SÌ, L'AUTOBUS PER IL SUO CUORE! PENSA, PERA, PENSA. DEVI BUTTARTI PRESTO, AMICO.
FORSE SE MI BUTTO AI SUOI PIEDI...
MA CHE PIEDI! GUARDA UN PO' SUI SOCIAL, FATTI ISPIRARE DALLE NOSTRE STORIE!
HAI RAGIONE, KENNY. VEDIAMO, VEDIAMO...

pera_toons
MAGA, COSA DICE LA SFERA RIGUARDO IL MIO FUTURO?
DICE CHE QUALCUNO TI PRENDERÀ DEI SOLDI CON L'INGANNO.
CAVOLO! ALLORA DOVRÒ STARE MOLTO ATTENTO!
QUANTO LE DEVO PER IL CONSULTO?
300 EURO.
Piace a Marta Da Legare

pera_toons
CIAO ANGELO.
CIAO DIAVOLO.
HAI UN MOMENT?
SÌ... NON VADO DI FRETT.
MA NO... INTENDEVO LA MEDICINA.
AAH... OKI! PERCHÉ NON TI SENTI BENE?
NO... NON SONO IN FORMA... MI SENTO COME UN CERCHIO ALLA TESTA.
Piace a **Guido La Vespa**

pera_toons
VORREI UN CONIGLIETTO.
NEGOZIO DI ANIMALI
LO DESIDERI BIANCO O NERO?
NEGOZIO DI ANIMALI
NON CREDO CHE IL COLORE POSSA INTERESSARE AL MIO PITONE.
NEGOZIO DI ANIMALI
Piace a Alì Mentari

pera_toons
EHI...
COSA?
GUARDA COSA HO IN MANO!
OH, NO! CI SONO CASCATA!
Piace a Massimo Della Pena

pera_toons
BUTTALO PER TERRA!
POF!
NON LO FARE!
POF!
FAI CADERE IL VASO, È PIÙ GRANDE!
Piace a **Augusto De Pera**

pera_toons
CHE STRANE QUELLE MONTAGNE.
SEMBRANO DEI SUINI.
FORSE È LA CATENA DELL'HI-MAIALA.
Piace a Oscar Rafone

pera_toons
IN CAMBIO DELLA TUA ANIMA TI DARÒ 1 MILIONE DI EURO...
MA AVRAI SOLO DUE AMICI!
ACCETTO! SARÒ RICCO E AVRÒ UN AMICO IN PIÙ.
Piace a Andrej Peliboskij

pera_toons
CIAO! COME TI CHIAMI?
MI CHIAMO MARIO... E TU?
IO EMMA.
WOW, CHE BELLO...
È SEMPRE UN PIACERE FARE CONO-SCENZA.
Piace a Rino Ceronte

pera_toons
COSA? IO SAREI IMMATURO?
SÌ!
ALLORA SAI CHE TI DICO?
ESCI SUBITO DALLA MIA CAPANNINA!
Piace a Chin Chan Pai

pera_toons
COMPRA SUBITO.
CHE STAI FACENDO?
LAVORO IN BORSA.
Piace a Pietro Prezioso

COMPIRÒ 16 ANNI IL MESE PROSSIMO.
BRAVO, FAI BENE A ESSERE OTTIMISTA.
ANALISI
Piace a **Soshito Ntronato**

pera_toons
C'È QUALCHE COSA CHE NON VA?
TUTTI MI PRENDONO IN GIRO...
SONO UN CHICCO DE-RISO.
Piace a Dina Lampa

pera_toons
IO MI CHIAMO KENNY... E TU?
PI-PIERO.
AH... SEI BALBUZIENTE?
NO.
MIO PAPÀ LO È...
E QUELLO DELL'ANAGRAFE ERA UN TESTA DI CAVOLO!
Piace a **Emmo Cumescu**

pera_toons
CIAO CASSA... COSA C'È CHE NON VA?
NON MI SENTO BENE.
Piace a **Remo La Barca**

NON SO SE UNA SOLA RAGAZZA POTREBBE REGGERE COSÌ TANTE FREDDURE, PERA.
MA SEI UN GENIO, KENNY.
COME QUELLO DELLA LAMPADA?
AL MASSIMO DELLA LAMPA-DINA! MA MI STAI DANDO UNA GRANDE MANO, AMICO!
SE APPREZZA LE MIE FREDDURE IL POSTO PIÙ ADATTO PER FARGLIELE ASSAPORARE AL MEGLIO È UNO SOLO: LA GELATERIA!
UN'IDEA GRANIT-ICA!
STAI DIVENTANDO UN PO' IL MIO SENSEI. MA NON TI PAGO, EH!
ALLORA ASCOLTA UN ALTRO CONSIGLIO GRATUITO...
... DATTI UNA MOSSA E PARLALE!

BE'?
CI STO PENSANDO...
SE NON TI MUOVI LE RACCONTO DI QUELLA VOLTA CHE...
VADO!
CIAO ELY! HAI AGO E FILO?
COSA? PERCHÉ MI SALUTI COSÌ?
VOLEVO ATTACCARE BOTTONE.
SEI QUELLO DELLE FREDDURE, SEMBRA.
... E ALLORA GLI HO DETTO CHE ERA UN BOOMER!
AH AH AH AH AH!
!!!

SEI IL MIGLIORE, ALFIE!
IL BOSS DELLA RISATA!
IL BOMBER DELLA FREDDURA!
DOVE PASSO IO ANCHE I GELATI SENTONO FREDDO.
A PROPOSITO DI GELATI...
SÌ, SONO FREDDI. FORSE COI GHIACCIOLI FUNZIONAVA MEGLIO, PERÒ.
AH, ALLORA TI PIACCIONO LE BATTUTE!
PER FORZA, UNA BELLA RISATA IN COMPAGNIA PIACE A TUTTI, NO?

EHI, PERCHÉ NON FATE RIDERE ANCHE NOI, PICCIONCINI?
PICCION...!?!
FORSE PERCHÉ NON CAPIRESTI, ALFIE.
O MAGARI PERCHÉ NON FAI RIDERE NEMMENO CON LE RISATE REGISTRATE!
AH AH!
LE MIE BATTUTE FANNO RIDERE ANCHE I SASSI, AMICO.
FACILE DIRLO SENZA FARCELE ASCOLTARE, AMICO.
MI STAI LANCIANDO UNA SFIDA UFFICIALE, ALFIE?
LO STO FACENDO, PERA.
ALLORA CHE LA SFIDA DI BATTUTE ABBIA INIZIO!
VAI, COMINCIA TU!

KO
SAI PERCHÉ NESSUNO CI PROVA CON GLI ELASTICI? PERCHÉ SE LA TIRANO.
KO
SAI CHE IN INGHILTERRA IL COLORE UTILIZZATO PER DIPINGERE I VISI DEI MAIALI SI CHIAMA PIG-MENTO?
CARINA QUESTA.
GIÀ.
GRANDE ALFIE!

KO
IN MONTAGNA OGNI MEZZ'ORA PASSA UN MUFLONE.
E ALLORA?
KO
DUE!
AH AH!
MITICO PERA!
CHE BOTTA!

KO
SAI COSA FA UN LAMA ARRABBIATO? UNO SPUTI-FERIO!
AH AH AH!
AH AH AH!
AHI...
KO
E UNA PIZZA DAL BARBIERE COSA FA? SI TAGLIA IL PIZZETTO!
AH AH AH!
AH AH AH!
ORA TOCCA A M...
PERA È IN DIFFICOLTÀ!
ALFIE NON LO STA FACENDO PARLARE!

KO
SAI PERCHÉ NON TUTTI POSSONO PERMETTERSI I FUOCHI D'ARTIFICIO? PERCHÉ COSTANO UN BOTTO!
AH AH AH!
AH AH AH!
OHI...
KO
SAI COME SI CHIAMA IL FORMAGGIO DOPO UN MESE?
KO
FOR-GIUGNO!
AH AH AH!
AH AH AH!
KO!

CI SI VEDE, PERDENTE! ANZI, TI MANDO IL VIDEO DI QUESTA SCONFITTA, COSÌ FORSE IMPARERAI QUALCOSA GUARDANDO UN VERO MAESTRO: ME!
SOB.
AMICO, ORA BRUCIA MA POI PASSA. FIDATI, SONO ESPERTO NEL LASCIARCI LE PENNE.
SECONDO ME MORIRE FACEVA MENO MALE.
SE PERMETTI, T'ASSICURO CHE...!
ESAGERATO!
HAI SOLO FATTO UNA FIGURACCIA. CAPITA A TUTTI.
SÌ, MA NON CAPITA A TUTTI DI FRONTE A TUTTI! CHISSÀ CHE PENSERANNO GLI ALTRI, ORA...
CHE HAI PERSO UN INCONTRO DI BATTUTE. CHE VUOI CHE PENSINO?
FORSE CHE SONO FINITO PER SEMPRE! CHE NON HO PIÙ LA FREDDURA NELLE VENE!

NON IMPORTA SE CADI, PERA. IMPORTA SE TI RIALZI. E COME TI RIALZI, ASCOLTA UN MORTO-PLURIMO!
KENNY HA RAGIONE. SECONDO ME, SE TI ALLENI, PUOI TENERE TESTA AD ALFIE SENZA PROBLEMI.
ELY HA COLPITO NEL SEGNO! SE NON FOSSI GIÀ IO IL TUO SENSEI TI DIREI DI AFFIDARTI A LEI. ANZI, IO AL TUO POSTO MI SDEBITEREI.
GIÀ, VERO. ELY, OTTIMA IDEA, DAVVERO. GRAZIE.
LEI TI DÀ LA SOLUZIONE AI TUOI PROBLEMI, E TE LA CAVI CON UN FREDDO GRAZIE? PENSA AD ALTRE COSE FREDDE MA PIÙ GUSTOSE...
UUUHHH... GIÀ, VERO... ELY TI ANDREBBE DI...?
SÌ, MOLTO VOLENTIERI. ALLE 16 IN GELATERIA?
MA COME?!?
SONO DUE MESI CHE MI VUOI CHIEDERE DI USCIRE, PERA. CERTE COSE VANNO FATTE COI TEMPI GIUSTI, COME LE BATTUTE. A DOMANI, ALLORA!
CERTO!
GRANDE! SAI CHE DEVI FARE, ORA?
DECIDERE COME VESTIRMI DOM...
MA QUALI VESTITI! ALFIE POTREBBE COLPIRE IN QUALSIASI MOMENTO! ALLENAMENTO INTENSIVO D'UMORISMO COMBATTIVO. RIPASSONE!

pera_toons
QUANTO FA 60 + 9?
69! TONTO
69... TONTO.
Piace a Tekuro Nakarie

pera_toons
EHI, NONNO!
COS'HAI FATTO ALLE GAMBE?
MI SONO SBUCCIATO LE GI-NOKIA.
Piace a Rina Aspi

pera_toons
SCRIB... SCRIB... SCRIB...
SCRIVI CON LA MANO DESTRA?
CERTO... SONO DESTR-ORSO!
Piace a **Sara Cinesca**

pera_toons
PERCHÉ SIAMO VENUTE AL PARCO?
PER FARE IL PICCHE-NIC.
Piace a **Dolores De Panza**

pera_toons
CHISSÀ SE STA PENSANDO A ME.
SE CALPESTO LA LINEA MORIRÒ.
Piace a **Oscar Dabbagno**

pera_toons
CIAO.
EHI...
COME MAI SEI TRISTE?
NESSUNO MI CAGA.
Piace a **Olanka Sbylenka**

pera_toons
CIAO DRACULA. COME MAI HAI I CAPELLI IN DISORDINE?
NON È FACILE PETTINARSI SENZA VEDERSI ALLO SPECCHIO.
Piace a **Marta De Sonno**

pera_toons
NON VADO IN GIAPPONE PERCHÉ LÌ NON MI ORIENTO.
ALLORA VAI NEGLI EMIRATI ARABI.
PERCHÉ?
LÌ TI MEDIORIENTI.
TI PRENDESSE UN OCCIDENTE!
Piace a **Vasco Reggiando**

pera_toons
SIAMO OGGI QUI RIUNITI PER CELEBRARE IL MATRIMONIO TRA LA PIZZA E L'ANANAS.
CHI È CONTRARIO A QUESTA UNIONE ALZI LA MANO.
Piace a **Dario Lampa**

pera_toons
HO COMPRATO LA COLLA CHE MI AVEVI CHIESTO.
MA A COSA TI SERVE?
AD ATTACCARE IL NEMICO.
Piace a Sumi Sura

pera_toons
AIUTO! C'È UN RAGNO!
LO DEVO UCCIDERE?
NO. PORTALO FUORI.
...
STO PASSANDO UNA SERATA MAGNIFICA.
ANCHE IO.
Piace a Nico Tina

pera_toons
RICORDA SEMPRE CHE...
1000 KG DI TONNO SONO UNA TONNELLATA.
MA 1000 KG DI MARMO NON SARANNO MAI UNA MARMELLATA.
Piace a Frank o' Boll

pera_toons
SONO SEMPRE STATA BUONA... PERCHÉ SONO FINITA ALL'INFERNO?
TI RICORDI DI QUELLA VOLTA CHE HAI CUCINATO LA CARBONARA?
SÌ, E ALLORA?
CI AVEVI MESSO LA PANNA!
Piace a **Dino Sauro**

pera_toons
WOW!
E=mc²
COSA?
E=mc²
CHE FISICO!
E=mc²
Piace a **Bruce Keth**

MAMMA MIA, OGNI VOLTA CHE LE LEGGO PIANGO DAL RIDERE. SPECIALMENTE QUELLE COL GURU!
EH GIÀ... MA ALFIE MI FARÀ PIANGERE SE NON FACCIO QUALCOSA... AVREI PROPRIO BISOGNO...
DI UN GURU?
ESATTO! ANDIAMO DA LUI!
MA CI SIAMO GIÀ!
WOW! MA COME HAI FATTO!?!
IL TUO KENNY-SENSEI TI HA ANTICIPATO, AMICO. MENTRE TI DISTRAEVO CON LE FREDDURE, TI HO PORTATO DAL GURU CHE TANTE LEZIONI DI VITA CI HA DATO. COSÌ HAI ALLENATO LA MENTE E IL CORPO.
MI INCHINO DI FRONTE A TANTA ARGUZIA, KENNY.
BASTA COMPLIMENTI, MIO GIOVANE DISCEPOLO. VAI DAL VERO MAESTRO PER SCOPRIRE LA GIUSTA VIA. IO ASPETTO QUA.
OK. UN ULTIMO CONSIGLIO?
CHIEDIGLI I NUMERI VINCENTI DEL LOTTO!
FARÒ FINTA DI NON AVER SENTITO.

MAESTRO, IO MI CHIAMO PERA...
... E CERCHI UNA GUIDA, GIOVANE, PER CAPIRE MEGLIO COME USARE IL POTERE DELLA RISATA.
ESATTO! MA COME FATE A SAPER...
SONO UN GURU, RAGAZZO, MICA L'ULTIMO DEI FESSI. SENTO CHE LA RISATA SCORRE POTENTE, DENTRO DI TE. HAI SOLO BISOGNO DI QUELLO CHE SERVE A TUTTI: UNA GUIDA!
SÌ, HO BISOGNO DI VOI!
MA NO! DICO PROPRIO UNA COPIA DELLA MIA GUIDA ALL'UMORISMO DA COMBATTIMENTO!
LOL
MA PRIMA DI LEGGERLA, RICORDA LE TRE R DELL'UMORISMO: RISPETTO, RITMO E RIFLESSI!
GRAZIE, GURU! NON VEDO L'ORA DI IMPARARE DAI SUOI INSEGNAMENTI!
LOL
AL VOLO, GIOVANE!
PAFF!
LOL
MA...
BE', CON QUEI RIFLESSI DIREI CHE È SPACCIATO...
PRIMA LEZIONE...
LOL

ATTENTI AI PESCECANI.

L'ALIENO CHE PORTA SFORTUNA.

CRONOLOGIA E CHAT VANNO SEMPRE CANCELLATE.

L'HA TROVATO...
HA AVUTO SPIGA.

COME GUADAGNARE IN MODO FACILE.

FORSE KENNY NON HA
CAPITO LA DOMANDA.

L'IMPORTANTE È NON METTERE IL PIEDE FUORI DALLA COPERTA.

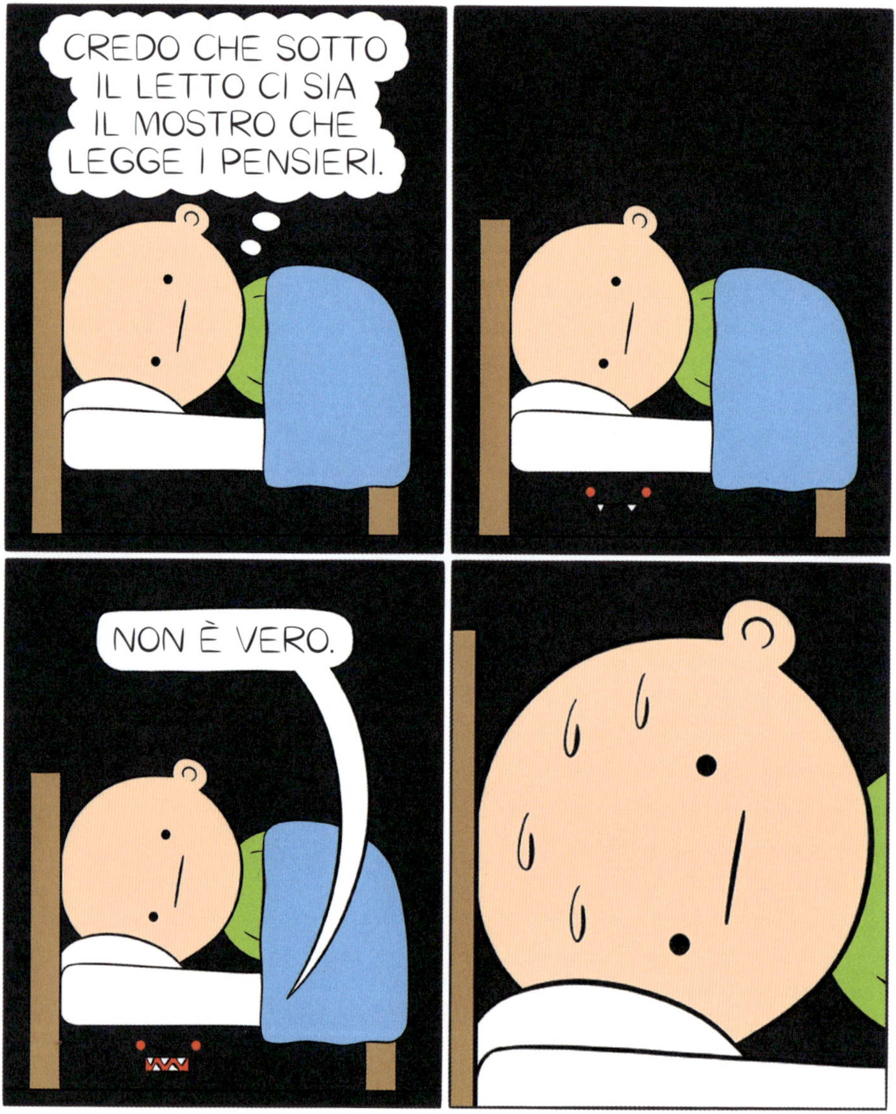

LA LUNA AMA IL MONDO PERCHÉ È ATTRATTA DA LUI.

FRAINTENDIMENTI NUMERICI.

FREDDURA SOTTO IL SOLE.

POVERO KENNY.

ESISTE UN MOBILE CHE SI CHIAMA MONZASAURO?

RUMORI CHE SVEGLIANO IL MIO CANE.
CAMPANELLO
DLIN! DLON!
LADRI
CRASH!
ASSASSINO
AAHHHHH!
BISCOTTI
FRUSH...

LA MAMMA È SEMPRE AL CORRENTE DI TUTTO.

LE TECNICHE DEL GURU SONO UNA BOMBA, AMICO! ALFIE È SPACCIATO.
ASPETTA PRIMA DI CANTAR VITTORIA. CHE POI, AL MASSIMO, DOVREI CANTARLA IO...
ECCO, ALLORA FAI COSÌ, INIZIA A SCALDARE LA VOCE PROVANDO UN PAIO DI TECNICHE DEL MANUALE. GIO', VIENI QUA, PERA DEVE DIRTI UNA COSA!
ESSERE SEMPRE PREPARATI PER UNA BATTUTA!
EHI GIO'! METÀ DEGLI ABITANTI DI BERGAMO SONO BERGAMASCHI.
AH... E L'ALTRA METÀ?
SONO BERGAFEMMINE.
IH IH IH IH!
...
VISTO? FUNZIONA!
L'INGLESE È IMPORTANTE.
OK... DEVI DIRMI ALTRO? DEVO ANDARE A CASA!
MA SE UN'OCA ITALIANA FA "QUA! QUA! QUA!"... UN'OCA INGLESE FA "HERE! HERE! HERE!"?

E QUESTO SPERA DI BATTERE ALFIE CON BATTUTE COSÌ...
OTTIMA MOSSA PER DIVINCOLARTI DALL'AVVERSARIO!
SÌ, ANCORA QUALCHE ALLENAMENTO E SONO PRONTO PER ALFIE!
MA SEI PRONTO PER ELY?!?
CERTO!
EHI, RAGAZZI!
AH, VEDO. SE SUDI UN PO' DI PIÙ EVAPORI!
KENNY, TI VOGLIO BENE, MA PER FAVORE: EVACUA.
CERTO, GIOVANE DISCEPOLO. MA POI RACCONTAMI TUTTO!
CHE GLI DEVI RACCONTARE?
VIDEOGIOCHI, LE SOLITE COSE! INVECE SPERO TU ABBIA UNO STOMACO AVVENTUROSO.
PER TUTTI I GUSTI DI GELATO CHE MI OFFRIRAI?
NO, PER AFFRONTARE LE MIE BATTUTE!
SE HAI POCHI SOLDI PER OFFRIRE BASTA DIRLO, EH! MICA CERCO MERENDE GRATIS.
MA NO, FIGURATI. TRA UNA CUCCHIAIATA E L'ALTRA VORREI SOLO UN TUO GIUDIZIO SULLE BATTUTE!

HAI PAURA CHE ALFIE TI BATTA DI NUOVO?
NON CHE MI BATTA, MA CHE MI UMILI DI FRONTE AGLI ALTRI.
AL DUBBIO GUSTO
SE MI SCONFIGGE CON UNA BATTUTA, POSSO SEMPRE IMPARARNE DI NUOVE. MA SE GLI ALTRI RIDONO DI ME...
TI BRUCIA UN PO'!
ESATTO, COME QUANDO MANGI TROPPO PEPERONCINO! EH EH EH.
...
ALLORA FORSE GRADITE UN GELATO PER RAFFREDDARE GLI ANIMI.
FREDDURE E GELATI, IN QUESTO LOCALE NON MANCA NULLA.
CI PIACE COCCOLARE I NOSTRI CLIENTI. MA NIENTE PAURA, LE FREDDURE SONO OMAGGIO DELLA CASA.

ANCHE PERCHÉ NESSUNO PAGHEREBBE PER UNA BATTUTA COSÌ BANALE. DICO BENE?
MA... ECCO... IO...
FORSE LE SI È CONGELATA LA BATTUTA SULLA PUNTA DELLA LINGUA?
NON MI PERMETTEREI MAI DI...
IH IH!
O FORSE NON È IN GRADO DI SERVIRE FREDDURE MA SOLO GELATI E GRANITE!
...
PERA!

MA CHE...
LO SCUSI, HA AVUTO UNA SETTIMANA PESANTE. CI PORTI UNA COPPA PER DUE, CON UN SOLO CUCCHIAINO PER FAVORE.
CERTO, SIGNORINA.
UN CUCCHIAINO SOLO? ROMANTICO, MI PIACE!
MA CHE ROMANTICO! IL GELATO TE LO MANGI DA SOLO.
MA COME DA SOLO!
SEI STATO FUORI LUOGO, PERA. IL SIGNORE STA LAVORANDO, MICA DIVERTENDOSI.
MA ERA SOLO UNA BATTUTINA DI PROVA, PER TENERMI IN ALLENAMENTO...
E TI ALLENI CON UNO SCONOSCIUTO? DI FRONTE A TUTTI?
MI SONO FATTO PRENDERE UN PO' LA MANO. MA ALFIE...
MA PENSI SOLO AD ALFIE?

CERCO SOLO DI ALLENARMI IN OGNI MOMENTO, PER ESSERE PRONTO ALLA RIVINCITA...
LO CAPISCO, PERA. MA NON PUOI PRENDERTELA CON UNA PERSONA CHE NON C'ENTRA NULLA. SEI QUASI OSSESSIONATO DA ALFIE.
OSSESSIONATO... DICIAMO CHE LO VEDO OVUNQUE E LO PENSO SEMPRE PER NON PERDER...
ALLORA...
... CI RIVEDIAMO QUANDO POTRAI PENSARE ANCHE AD ALTRE PERSONE.
MA ELY, IL GELATO, LE CHIACCHIERE, CONOSCERCI...
QUANDO L'AVRAI FATTA FINITA CON ALFIE. FORSE.

LA COPPA PER DUE, SIGNORE. SPERO CHE MANGIANDOLA DA SOLO NON SI RAGGELI TROPPO.
QUESTA NON È PER NIENTE MALE, AMICO. QUASI SORRIDO.
PERCHÉ NON HA ANCORA VISTO IL CONTO, SIGNORE.
SIGH...
OH, NO, HANNO UCCISO...
KENNY?
SCUSA AMICO, MA NON È PROPRIO IL MOMENTO. HO LITIGATO CON...
... ELY, LO SO!
COME FAI A SAPERLO?
GUARDA ALLA TUA DESTRA!
MA CHE...

... MI HAI SPIATO!?!
MA NO! TI HO TENUTO SOTTO OSSERVAZIONE, MIO GIOVANE E ANCORA ACERBO DISCEPOLO! VIENI QUA, CHE TI SPIEGO UN PO'!
GUSTO
ECCO, UN'ALTRA FIGURACCIA DI FRONTE A TUTTI...
NIENTE FIGURACCE, SONO SOLO ERRORI. SBAGLIANDO SI IMPARA, NO? E QUANDO SI SBAGLIA, CHE SI FA?
GUSTO
SI COMPRA UN'ENORME GOMMA PER CANCELLARSI DALL'ESISTENZA?
NO! SI CHIEDE AIUTO A UNO CHE È PIÙ PREPARATO.
QUINDI DICI CHE SI TORNA DAL GURU?
DICO DI SÌ, AMICO!
ARRIVIAMOCI PREPARATI, PERÒ. TIRA FUORI IL MANUALE.
SPERIAMO BENE, LO SCONTRO CON ALFIE È SEMPRE PIÙ VICINO...

COS'È IL GENIO?

IL BIDONE NON RIMANE INDIFFERENTE.
MI FARESTI UN FAVORE?
NO... MI RIFIUTO.

MENO MALE CHE C'È LA MAMMA A TIRARCI SU DI MORALE.

ALMENO NON SENTE FREDDO.

UN PO' DI BLACK HUMOR!

LUI SÌ CHE È FORTUNATO!

BATTUTA PER ROVINARE LA GIORNATA AGLI ALTRI.

QUESTA GAG È UNA BOMBA!

PUNTI DI VISTA.

LO VUOI UN PALLONCINO?

KENNY CONTINUA A NON CAPIRE...

DOPO QUESTA FREDDURA
L'HA LASCIATO.

FUNZIONA ANCHE CON I SEMAFORI!

QUANDO TI APRI
CON LE PERSONE SBAGLIATE.
TOGLITI LA CORAZZA. DI ME TI PUOI FIDARE.
OK.

UFF. ALLENIAMO L'UMORISMO, MA QUESTE SCALATE CI FANNO VENIRE PURE IL FISICO!
UFF... MA IL GURU NON POTEVA APRIRE UNA PALESTRA IN CENTRO COME TUTTI I SENSEI DA TELEVENDITA?
SE DIVERTENTE VUOI APPARIRE, UN POCO DEVI SOFFRIRE!
PURE GLI INSEGNAMENTI IN RIMA? NON SO SE RIESCO A STARTI DIETRO, AMICO.
MA NO, CHE RIME E RIME, È STATO SOLO UN CASO E A VOLTE LA COMICITÀ È QUESTO: UNA MINIMA ISPIRAZIONE CHE TI PORTA A UNA BELLA SOLUZIONE!
MA HAI RIMATO DI NUOVO, VEDI CHE LO FAI APPOSTA...
TI DICO DI NO, MA LASCIA PERDERE QUELLO CHE DICO IO E PARLA COL GURU. È PER QUESTO CHE SEI QUA, NO?

GURU! SONO QUI DI FRONTE A TE PER RINGRAZIARTI, MA ANCHE PERCHÉ HO QUALCHE DUBBIO. HO LETTO IL MANUALE, HO FATTO GLI ESERCIZI E...
E LA GENTE HA RISO, GIUSTO?
ESATTO! RIDEVANO TUTTI, MI SONO SENTITO ESALTATO, UNA FIGATA!
O FORSE NON COSÌ UNA FIGATA.
MA... CHE DICI, GURU?
PENSACI, PERA. HANNO RISO TUTTI A TUTTE LE TUE BATTUTE?
BE' ECCO, IL CAMERIERE...
ESATTO! ED È SUCCESSO QUESTO PERCHÉ TE LA SENTIVI CALDA!

MA SONO FREDDURE...
È UN MODO DI DIRE, GIOVINE! HAI FATTO UN SACCO DI BATTUTE CHE FACEVANO RIDERE, TI SEI SENTITO ESALTATO. LO HAI DETTO ANCHE TU. COSÌ HAI PERSO DI VISTA QUELLO CHE È IMPORTANTE.
RIDERE CON GLI ALTRI, NON DEGLI ALTRI!
MA CERTO: DA UN GRANDE UMORISMO, DERIVA UNA GRANDE RESPONSABILITÀ!
SÌ, AMICO! ESATTO!
SEI PRONTO, RAGAZZO.
DITE SUL SERIO, MAESTRO?
CERTO, SENTO CHE LA RISATA È CON TE. HAI TUTTO QUELLO DI CUI HAI BISOGNO.

E SE TI MANCASSE QUALCOSA, FRA SEI MESI PUBBLICO IL NUOVO MANUALE, RIVISTO E CORRETTO!
CI PENSIAMO, GENTILISSIMO!
QUASI NON CI CREDO, SENTO DAVVERO DI AVERE LA POSSIBILITÀ DI METTERE ALFIE AL SUO POSTO!
IO INVECE CI CREDO AL CENTO PER CENTO, PERA.
TI CONOSCO DA TROPPO TEMPO PER DUBITARE DI TE PER QUESTE COSE. CERTO, CE NE SONO TANTE ALTRE SU CUI DUBITO PARECCHIO...
AH, ECCO...
SEI UN BRAVO STUDENTE? NO. SEI BRAVO IN GINNASTICA? NO. SAI GESTIRE BENE I SOLDI? NO.
...
SEI UNO CHE ARRIVA SEMPRE IN ORARIO? NO. SEI UNO ORDINATO? NO.
HO CAPITO, HO CAPITO. EVITA DI TOGLIERTI LE SCARPE PER CONTARE OLTRE LE OTTO CAPACITÀ CHE NON HO, GRAZIE...

VEDI? HAI LA BATTUTA PRONTA E NON HAI PERSO IL SORRISO. ERA UN TEST.
GENTILISSIMO, DAVVERO. MA NON FARMI PERDERE DI VISTA LE COSE IMPORTANTI.
DEVO LANCIARE LA SFIDA AD ALFIE! E VOGLIO CI SIANO TUTTI A GUARDARCI! SARÀ UNA SFIDA CHE ENTRERÀ NELLA STORIA!
ALLORA FACCI UNA STORIA!
CI FACCIAMO UN FUMETTO?!?
NO, DICO, FACCIAMO UN VIDEO SUI SOCIAL E TAGGHIAMOLO!
OTTIMA IDEA!
QUANDO SEI PRONTO!
EHI, RAGAZZI, QUI È IL VOSTRO PERA PREFERITO! HO UNA NOTIZIA PER VOI. DOMANI, NELLA PALESTRA DELLA SCUOLA, CI SARÀ UNO SCONTRO!

UNO SCONTRO ALL'ULTIMA RISATA, TRA ME E ALFIE!
IO CI SARÒ E SONO SICURO CHE CI SARETE ANCHE VOI. RIMANE SOLO UN DUBBIO:
ALFIE ACCETTERÀ QUESTA SFIDA SENZA ESCLUSIONE DI BATTUTE?!?
PUBBLICATA! HO TAGGATO CHIUNQUE! ALFIE NON PUÒ TIRARSI INDIETRO.
SPERANDO NON TIRI SOTTO ME!
MA BASTA DISFATTISMO! SAI COSA DIRE E COME DIRLO, NO?
VERO. PERÒ TRA IL DIRE E IL FARE...
C'È DI MEZZO TUTTO IL TEMPO PER RIPASSARE! LEGGIAMO QUALCHE ALTRA BATTUTA, DAI.
HAI RAGIONE, COSÌ DOMANI SARÒ BELLO CARICO.

pera_toons
HA VISTO QUALCOSA DI STRANO?
UNA VOLTA VIDI UN DELFINO CON LA CRAVATTA.
INTENDO QUI INTORNO.
NO... I DELFINI VIVONO IN ACQUA.
Piace a Marco Visita

pera_toons
SO CHE TI PIACE LA CHIMICA.
SÌ, MOLTO.
QUAL È L'ELEMENTO DELLA TAVOLA PERIODICA CHE PREFERISCI?
LO STAGNO.
Piace a **Chris Tall**

pera_toons
QUEST'ANNO LA MAGGIOR PARTE DI VOI VERRÀ BOCCIATA.
PROF, CI STA FORSE DICENDO CHE LEI NON SA FARE IL SUO MESTIERE?
Piace a Mafuso Lamoto

pera_toons
DOTTORE, MIA FIGLIA HA LA FEBBRE.
È ALTA?
1 METRO E 50... MA CHE C'ENTRA?
Piace a Rino Mato

pera_toons
BUONGIORNO...
... È PRONTO PER L'ESTRAZIONE?
WOW! COSA SI VINCE?
Piace a **Chiara Dell'Ovo**

pera_toons
PERCHÉ AVETE QUEL PANCIONE?
PERCHÉ SIAMO SCIM-PANZE.
Piace a Dario Drome

pera_toons
CAMERIERE...
COS'È QUESTO SCHIFO NELLA MINESTRA?
È IL SUO RIFLESSO, SIGNORE.
Piace a **Nabir Al Bar**

pera_toons
PRONTO?
SAURO?
Piace a **Teodoro Mapuzzi**

pera_toons
MA SE ESISTE IL TRAPIANTO ESISTE ANCHE IL TRA-SORRISO?
W LA PIZZA!
TI PREGO, EVITA.
E-MORTE.
W LA PIZZA!
SMETTILA!
W LA PIZZA!
S-TOGLILA.
W LA PIZZA!
Piace a Sotu Tantayo

pera_toons
CHE PESCI SONO QUELLI LAGGIÙ?
SQUALI.
S-QUELLI!
Piace a Apollo Ariosto

pera_toons
MAMMA, UNA STELLA CADENTE!
ESPRIMI UN DESIDERIO.
VORREI CHE PAPÀ FOSSE QUI.
?
MA'... È COMPARSO IL POSTINO!
Piace a Dokoyo Koyo

pera_toons
NON MI FAI MAI USCIRE!
IN INVERNO ABUSI DI ME.
IN ESTATE MI TRASCURI.
BASTA... SONO STUFA!
Piace a Renato Stanco

pera_toons
COME TI CHIAMI?
YLENIA... CON LA YPSILON.
TI HO CHIESTO SOLO IL NOME... NON MI INTERESSA SAPERE CHE MACCHINA HAI.
Piace a Otto Vasken

pera_toons
DEVO RACCONTARTI UNA COSA MA NON LA DIRE A NESSUNO...
... È TOPO SECRET.
Piace a Apelle Depollo

OGGI È IL GRANDE GIORNO, AMICO.
SONO PRONTO, NON TI PREOCCUPARE. CHISSÀ SE CI SARÀ ABBASTANZA PUBBLICO!
DAI, PERA, OGGI POMERIGGIO SARÒ LÌ!
ANCHE IO. ALFIE TI DISTRUGGERÀ.
LA RIVINCITA DEL CAMPIONE. NON VEDO L'ORA!
FARÒ UNA LIVE SUL MIO PROFILO, CI SARANNO UN SACCO DI VIEW!
3
OK, SARÒ SOTTO GLI OCCHI DI TUTTA LA SCUOLA!
2 A
E ANCHE DI UN SACCO DI GENTE ONLINE!
2 B

NON MI RENDI TRANQUILLO, KENNY!
PERCHÉ ADESSO HAI PAURA DELLA PAURA, GIOVANE DISCEPOLO E NON È DI QUELLO, CHE DEVI PREOCCUPARTI.
E CHE DOVREI TEMERE, ALLORA?
LUI.
AH, BENE, ORA SÌ CHE SONO PROPRIO RILASSATO.
INVECE, DOVRESTI!
RILASSARMI? ALFIE HA LA FACCIA DI UNO CHE VUOLE ARROTOLARMI COME LA CARTA IGIENICA!
ESATTO! ED È QUESTO CHE LO FREGHERÀ.

ALFIE È TROPPO SICURO DI SÉ, PENSA DI AVER GIÀ VINTO. SONO SICURO CHE NON SI È NEMMENO PREPARATO.
BE', SE LA METTI COSÌ UN PO' MI SENTO MEGLIO.
NON TI CONSIDERA UNA VERA MINACCIA.
ECCO, AUTOSTIMA A MILLE.
MA NOI GIOCHIAMO D'ANTICIPO. MANCA ANCORA QUALCHE ORA ALLO SCONTRO, NO?
SÌ, ESATTO. TUTTO IL TEMPO DI FUGGIRE E CAMBIARE IDENTITÀ.
MA CHE CAMBIARE IDENTITÀ! DEVI SOLO ENTRARE NELLA GIUSTA ZONA MENTALE.
MA NON HO IL PASSAPORTO PER ENTRARCI.
ECCO, VEDI, STAI GIÀ PERCEPENDO LA F.U.R.I.A.: FORZA UMORISTICA RUGGENTE INCREDIBILMENTE AGONISTICA! MA POSSIAMO FARE DI MEGLIO.
CHE VUOI CHE FACCIA?
TE LO DICO IO COSA, PERA.
DEVI FARE LA VERIFICA CON TUTTI I TUOI COMPAGNI. O TI ERI DIMENTICATO?
DIMENTICATO, IO? MA SI FIGURI, NON DI-MEN-TICO NULLA, SEMMAI DI-PIÙ-NTICO!

FORZA RAGAZZI, AVETE DUE ORE. SFRUTTATELE BENE E... PERSINO VOI DOVRESTE FARCELA! FORSE.
SENTI MA QUINDI COME...
DOPO, DURANTE RICREAZIONE TI SPIEGO LA STRATEGIA DI ATTACCO.
MA QUALE STRATEGIA!!! COME FACCIO A RISPONDERE ALLA PRIMA DOMANDA!
...
RAGAZZI, SILENZIO!
SÌ, PROF!

DUE ORE DOPO.
SE NON MI DISTRUGGE ALFIE, DOPO QUESTO COMPITO MI DISINTEGRANO I MIEI GENITORI.
PROBABILE!
GRAZIE PER LA FIDUCIA...
BE', PERA, CONOSCO I TUOI VOTI E CONOSCO I TUOI GENITORI, PER CUI...
GRANDE PERA, CANTAGLIELE AD ALFIE, OGGI!
VEDRAI CHE GLI FARAI RIMANGIARE LE SUE PAROLE!
MA QUANTA GENTE HA GUARDATO IL LANCIO DELLA SFIDA!
NUMERI CHE FANNO TREMARE I POLSI, AMICO.
PECCATO NON VEDA ELY, OGGI NON ERA NEMMENO IN CLASSE...
ORA NON CI PENSARE. DEVI ESSERE CONCENTRATO. CI SARÀ IL PIENONE!

GULP!
QUASI QUASI MI METTE MENO PAURA QUANDO PARLA...
NON FARTI FREGARE, LA SUA È SOLO GUERRA PSICOLOGICA.
HAI RAGIONE, PERÒ...
VEDILA COSÌ: ABBIAMO ANCORA UN PO' DI TEMPO PER ENTRARE NELLA F.U.R.I.A., GIUSTO?
ESATTO!
E ALLORA, RIPASSONE!

pera_toons
KENNY!
ANCHE A CASA TUA SCRIVI SUL TAVOLO?
PERCHÉ, LEI A CASA INTERROGA SUO MARITO?
Piace a Mobuto Nabomba

pera_toons
OH NO... ARANCIA SE N'È ANDATA...
ARANCIA 2020-2021
COM'È MORTA?
L'HANNO UCCISA PER FARCI UN SUCCO.
ARANCIA 2020-2021
RIPOSA IN ACE.
ARANCIA 2020-2021
A
20
Piace a Agrippa Motorio

pera_toons
NON SI VA IN MOTORINO IN TRE!
COSA!?!
OH, NO! È CADUTO MARIO!
Piace a Cam Yong Chin

pera_toons
HAI CONOSCIUTO IL NUOVO FRATE? È UN TIPO AMBIGUO.
TUTTE LE VOLTE CHE PARLIAMO SALTA FUORI UN EQUIVOCO.
COME SI CHIAMA?
FRA' INTESO.
Piace a Guido Maluccio

pera_toons
COSA CI FAI ANCORA A LETTO? DEVI ANDARE A SCUOLA.
MAMMA, NON MI VA. MI ODIANO TUTTI LÀ DENTRO!
MI DISPIACE MA È IL TUO DOVERE ANDARCI!
PER QUALE RAGIONE?
SEI L'INSEGNANTE!
Piace a Gustavo La Pizza

pera_toons
BUONGIORNO GEOMETRA!
BUONDÌ.
QUESTA È PER LEI.
COSA? E PERCHÉ?
MI AVEVA CHIESTO DI PORTARLE LA PIANTINA E IO L'HO FATTO.
Piace a Amalia de Lana

pera_toons
LA MIA PASSIONE PER I FUMETTI MI HA RESO MILIONARIO.
WOW... E COME CI SEI RIUSCITO?
HO SPESO TANTISSIMO... PRIMA ERO MILIARDARIO.
Piace a Ines Pugnabile

pera_toons
BAU BAU BAU!
BAU BAU!
CHE BELLO... I MIEI FARI ABBAIANTI FUNZIONANO.
Piace a Judy Morales

pera_toons
MI SONO TATUATO IL TUO NOME SUL BRACCIO.
DAVVERO?
SÌ, VUOI VEDERLO?
MA CERTO.
ECCOLO.
IL TUO NOME
TI ODIO!
Piace a Van Dal

pera_toons
PRONTO? VORREI UNA PIZZA.
LA VUOLE MARGHERITA?
BOB
NO, LA VOGLIO IO.
BOB
Piace a **Kety Frega**

pera_toons
STIAMO FACENDO UN SONDAGGIO. POSSO FARLE UNA DOMANDA?
CERTO.
SE CI SONO ANZIANI SULL'AUTOBUS GLIELO CEDE IL POSTO?
NO, MAI.
MA LEI È UN MALEDUCATO!
NO, IO SONO IL CONDUCENTE DELL'AUTOBUS.
Piace a Lino Sasso

pera_toons
PAPÀ BIRRA, MI RACCONTI UNA FAVOLA?
MA CERTO.
BEER
C'ERA UNA VODKA...
BEER
Piace a Johntra Volta

pera_toons
CIAO. SO CHE SEI ARRABBIATO PERCHÉ TI HO FRIENDZONATO DAVANTI AI TUOI AMICI, MA VOLEVO CHIEDERTI UNA COSA...
DIMMI TUTTO.
STASERA HO VOGLIA DI SPASSARMELA CON QUALCUNO... TU HAI IMPEGNI?
SONO LIBERISSIMO!
PERFETTO! POTRESTI TENERMI IL CANE?
Piace a **Judy Chord**

pera_toons
TI DEVO CHIEDERE UNA COSA...
VAI, SPARA...
MEGLIO DI NO, POTREI FERIRE QUALCUNO...
COMUNQUE VOLEVO SAPERE COME MAI FACCIAMO SEMPRE I CONTROLLI IN SPIAGGIA.
PERCHÉ AL MARE-SCIALLO.
Piace a Candi Gina

E COSÌ ARRIVA IL MOMENTO DELLA SFIDA.
OK AMICO, CI SIAMO. È GIUNTA LA TUA ORA!
OTTIMA SCELTA DI PAROLE PER CALMARMI, KENNY!
PALESTRA
EDDAI, GUARDA QUESTA FOLLA, È QUA PER GODERSI UN GRANDE SPETTACOLO!
ALTRA PRESSIONE DA REGGERE, AMICO.
NON FARTI SCHIACCIARE DALLA PRESSIONE, PERA, LASCIA CHE SI GONFI L'AUTOSTIMA!
BASTA NON MI FACCIA SCOPPIARE. GUARDA QUANTA GENTE CHE C'È...

VERO, NON HO MAI VISTO LA PALESTRA COSÌ PIENA! ORMAI CI SIAMO. SEI PRONTO? SEI CARICO? SEI REATTIVO?
NO. NO. E ANCORA NO.
PERFETTO, ESSERE ONESTI CON SÉ STESSI È SEMPRE UTILE. MA CHE CERCHI?
ELY. SPERAVO CHE ALLA FINE SAREBBE STATA...
... QUI! CIOÈ, È LÌ! È VENUTA, KENNY!
CERTO, MICA È VENDICATIVA! È SOLO UN PO' ARRABBIATA CON TE.
DOPO L'INCONTRO LE PARLERÒ, COSÌ CI CHIARIAMO. SE ALFIE NON MI STACCA TUTTI I DENTI...
OH, BASTA CON QUESTO DISFATTISMO! SE TI DISFI DA SOLO, ALFIE NON DOVRÀ NEMMENO DISFARSI DI TE SUL RING!
OH MAMMA, ERO COSÌ NERVOSO CHE MI ERO SCORDATO...

PERA VS ALFIE
... CHE SAREMO SUL RING!
ROBA DA VERI PROFESSIONISTI DELLA BATTUTA!

E PARLANDO DI PROFESSIONISTI, GUARDA DA QUELLA PARTE...
È UNA MIA IMPRESSIONE...
... O È PIÙ GROSSO DEL SOLITO?
ALLORA, UNA SFIDA ALL'ULTIMA BATTUTA E VINCA IL MIGLIORE?
RINGRAZIA CHE NON FACCIA SPOILER, PERA.
E NON DO LA MANO A CHI STO PER ANNIENTARE.
SALI SUL RING CON ME, RAGAZZINO...

AL-FIE
AL-FIE
AL-FIE
PE-RA
È TEMPO DI ADULAZIONE!
AL-FIE
AL-FIE
AL-FIE
AL-FIE
PE-RA
PE-RA
AL-FIE
FORZA, SFIDANTE, FATTI SOTTO! TI CONCEDO LA PRIMA MOSSA!
GULP!

KO
SAI PERCHÉ I FOTOGRAFI INSEGUONO TANTI SCOPI NELLA VITA?
PERCHÉ?
KO
PERCHÉ HANNO MOLTI OBIETTIVI!
ARGH!

KO
IN CHE SITO FANNO ACQUISTI GLI ASSASSINI?
BOH...
KO
UFF!
SU AMMAZZO-N!
KO
E QUAL È IL SITO INTERNET PREFERITO DAI LADRI?
E CHE NE SO!

KO
A-RUBA!
NNFFF!
KO
COSA FA UNA BOMBA IN UN CAMPO DI FRAGOLE?
COSA?
KO
UN'ESPLOSIONE FRAGOLOSA.
ARGH!

KO
COME SI CHIAMA IL PRETE INGLESE CHE NON SI FA MAI TOCCARE?
COME?
KO
DON TOUCH!
ARGH!
KO
E COME SI CHIAMA LA RAGAZZA AMERICANA CHE SCENDE SEMPRE?
ANF ANF! COME?

KO
JUDY LEE...
E COME SI CHIAMA IL CANE MONGOLO CONDOTTIERO?
UFF... COME?

KO
GENGIS CAN!
ARGH!

KO
AL-FIE! AL-FIE! AL-FIE! AL-FIE!
AL-FIE!
CHI È IL CAMPIONE, EH? CHI È IL MIGLIORE?
AL-FIE!

ANF... ANF... CHE SIA QUESTA LA FINE...?

FORSE È MEGLIO SE GETTO LA SPUGNA...
PERCHÉ, È TROPPO SPORCA? NON IMPORTA QUANTE VOLTE CADI, PERA, SOLO QUANTE VOLTE TI RIALZI.
RITMO, RISPETTO E RIFLESSI!
E LA F.U.R.I.A.!
SPERAVO IN UN AIUTO DA CASA, MA AVETE RAGIONE.
EHI ALFIE! SENTI QUA...
COSA?!?

KO
... GLI INDIANI QUANDO TAGLIAVANO LE TESTE...
...

KO
FACEVANO SCALPO-RE?
ARGH!

KO
E COSA BALLANO LE SCIMMIE?
L'ORANGO TANGO!
DOPPIO ARGH!
SAI PERCHÉ IN ROMANIA NON RIESCONO A SISTEMARE LE STRADE?
P-PER... PERCHÉ?
KO
KO
PERCHÉ LA BUCA-REST!
TRIPLO ARGH!

PE-RA! PE-RA! PE-RA!
PE-RA! PE-RA! PE-RA! PE-RA!
PE-RA! PE-RA!
EHI, PERA! IO SONO ANCORA QUA, E ORA...

... DEVI DIRMI COME HAI FATTO A MIGLIORARE COSÌ TANTO IN COSÌ POCO TEMPO!?!
PERCHÉ NELLE MANICHE HO COSÌ TANTI ASSI CHE POTREI VENDERLI A CHI DEVE STIRARE!
NO, BASTA BATTUTE PER UNA VOLTA. LA REALTÀ È CHE HO VECCHI AMICI CHE MI HANNO AIUTATO NEL MOMENTO PIÙ BUIO...
... E AMICI NUOVI CHE MI CORREGGONO QUANDO SBAGLIO!
LORO NON SONO UN PUBBLICO CHE APPLAUDE E BASTA, ALFIE, MA LA FAMIGLIA CHE MI SONO SCELTO!
DEVE ESSERCI ALTRO, NON MI FIDO!
BE', SE PROPRIO VUOI SAPERLO, POSSO MOSTRARTI L'ULTIMO TASSELLO DI QUESTA VITTORIA!
!?!
NON CI SONO SEGRETI TRA BATTUTISTI. IL MANUALE DEL PERFETTO UMORISTA! GUARDA CHE FIGATA!
LOL

MEGLIO NON ESSERE INTELLIGENTI!

SI PUÒ ESSERE I MIGLIORI DEI PEGGIORI!

ANCHE L'INFERNO SI ADATTA AI TEMPI.

NUOVI LAVORI.

IL TIPICO MOOD DA GIORNI FESTIVI.

FISSAZIONI DA NONNA.

VIDEOSORVEGLIANZA
NEL MONDO.
U.S.A.
U.K.
ITALIA

SITUAZIONI HORROR!

PROBABILMENTE L'AMORE DI MOLTISSIMI/E DI NOI!

FINALMENTE IL MISTERO È RISOLTO!

BISOGNA SEMPRE DARE RETTA AL CERVELLO!

CERTE VOLTE È IMPOSSIBILE TRATTENERSI!

MA... QUINDI POTREI...
PERCHÉ NO? NON SERVE FARE SEMPRE TUTTO DA SOLI. A VOLTE BASTA CHIEDERE UNA MANO.
NE VALE LA PENA, CREDIMI.
...
LOL

CHE NE DICI, AL PROSSIMO SCONTRO ALL'ULTIMA BATTUTA, TRA AVVERSARI CHE SI RISPETTANO?
...
UUUUHHHH...
NON MI SERVE IL TUO AIUTO O QUELLO DI NESSUNO!

BOO
BOOO
BOOO
BOOO
BOOO
PERÒ SIAMO UNO A UNO, PER CUI SÌ, AL PROSSIMO SCONTRO! RISPETTANDOTI. FORSE.
BOOO
LASCIALO ANDARE, PERA. SECONDO ME HA CAPITO ANCHE LUI COME FUNZIONA.
BOOO
BOO
BOOO
FORSE TROVERÀ DUE COME VOI. SIAMO UNA BELLA SQUADRA.
GIÀ, SIETE DUE BRACCI DESTRI CHE SI TROVANO RARAMENTE!
MA QUALE BRACCIO! SONO ALMENO UN TORSO, SE NON ADDIRITTURA UN MEZZO BUSTO! DICO BENE, ELY?
PARLA PER TE...

IO MI SENTO UNA PERSONA COMPLETA ANCHE SENZA DI VOI.
MA CON VOI DUE MI DIVERTO MOLTO DI PIÙ!
FORSE NON È DI ALFIE CHE DOVEVO TEMERE LA FORZA!
E ADESSO DIREI CHE È GIUNTA L'ORA DI FESTEGGIARE COME SI DEVE!
OTTIMA IDEA! MI SI È APERTO LO STOMACO.
AH, ABBIAMO FAME, EH? PER CASO CONOSCETE UNA GELATERIA DOVE POTREMMO ANDARE?
BE'...
MMMHHH...
MAGARI DOVE CI SONO CAMERIERI SIMPATICI?
ECCO...
FAMMICI PENSARE...
DOVE PERA SAREBBE GIUSTO CHIUDESSE ALCUNI CONTI?
OK, OK, OK, HO CAPITO!
OH, BRAVO PERA!

POCO DOPO.
... E ALLA FINE L'HO BATTUTO! INSOMMA, ECCO, SONO QUI PER SCUSARMI CON LEI PER IL MIO COMPORTAMENTO.
CAPISCO, SIGNORE, GRAZIE. QUANDO ERO PIÙ GIOVANE ANCHE IO MI DILETTAVO NELLE COMPETIZIONI DI BATTUTE. MA HO DOVUTO SMETTERE.
TROPPE SCONFITTE?
NO, PEGGIO.
LA MIA F.U.R.I.A. ERA INCONTENIBILE.

...
...
...
I SIGNORI, QUINDI, GRADISCONO UN GELATO?
CERTO! TRE COPPE GIGANTI, PAGO IO!
UH, SE PAGHI TU ALLORA È MEGLIO TRE COPPINE PICCINE PICCIÒ.
ESAGERATO! CHE POI MI FAI FARE FIGURACCE CON ELY!
PIUTTOSTO, ELY: MA QUEL BIGLIETTINO CHE HAI PASSATO AD ALFIE, NON ERA QUINDI IL TUO NUMERO?
MA CHE NUMERO E NUMERO, PERA!
ERANO UN PAIO DI APPUNTI CHE MI HA CHIESTO, PER METTERSI IN PARI!
MA DAI? NON LO FACEVO UNO STUDIOSO SERIO.

MA SÌ, ALLA FINE SECONDO ME È UN TIPO A POSTO.
FORSE HAI RAGIONE.
NON È UNO DAVVERO CATTIVO!
FINE?

NON PERDERTI GLI ALTRI TRE FUMETTI CHE HO REALIZZATO!

RIDI CHE È MEGLIO

BATTUTE, GIOCHI DI PAROLE E FRAINTENDIMENTI CHE TI FARANNO RIDERE A CREPAPELLE. PROTAGONISTI: ANIMALI, OGGETTI E COSE DA MANGIARE, TIPI STRANI E CHI PIÙ NE HA, PIÙ NE METTA. RIDI CHE È MEGLIO È ANCHE UN LIBRO GAME IN CUI TU LETTORE SARAI IL PROTAGONISTA SCEGLIENDO L'ORDINE DI LETTURA.

CHI HA UCCISO KENNY?

KENNY È UN RAGAZZO APPASSIONATO DI ENIGMI CHE VIENE COINVOLTO IN CURIOSI CASI DELITTUOSI E SI RITROVA, PER OSCURE RAGIONI, A RESTARNE REGOLARMENTE VITTIMA. SARAI PROPRIO TU L'INCARICATO DI SVELARE I MISTERI CHE RIGUARDANO KENNY, PER DIVENTARE UN VERO PERA DETECTIVE.

BEER